14ª edição

Elias José

ENTRE LINHAS
ADOLESCÊNCIA

De amora e amor

Ilustrações: Denise Nascimento

Conforme a nova ortografia

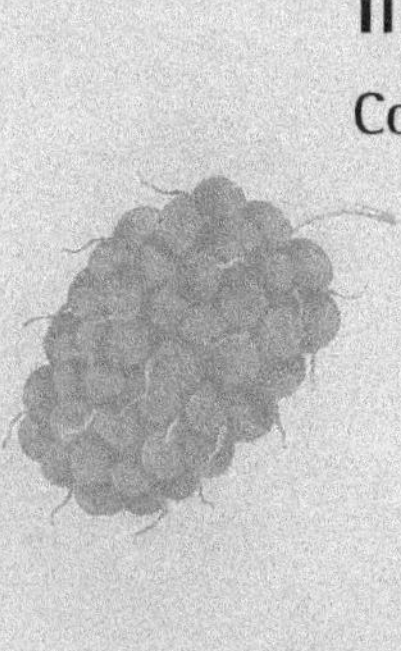

Atual Editora

Série Entre Linhas

Editor • Henrique Félix
Assistente editorial • Jacqueline F. de Barros
Preparação de texto • Lúcia Leal Ferreira
Revisão • Pedro Cunha Jr. e Lilian Semenichin (coords.)/Edilene M. dos Santos/
Marcelo Zanon/Elza Maria Gasparotto/Renato A. Colombo Jr./Célia R. do N. Camargo/
Maria Cecília Kinker Caliendo

Gerente de arte • Nair de Medeiros Barbosa
Diagramação e finalização • Setup Bureau Editoração Eletrônica S/C Ltda.
Projeto gráfico de capa e miolo • Homem de Melo & Troia Design
Coordenação eletrônica • Silvia Regina E. Almeida
Produtor gráfico • Rogério Strelciuc
Impressão e acabamento • Forma Certa

Suplemento de leitura e projeto de trabalho interdisciplinar • Ivana Calado

Dados Internacionais de Catalogação na Publicação (CIP)

José, Elias, 1936-2008
De amora e amor / Elias José ; ilustrações Denise Nascimento. – 14. ed. – São Paulo : Atual, 2009. – (Entre Linhas: Adolescência)

Inclui roteiro de leitura.
ISBN 978-85-357-0411-2
ISBN 978-85-357-1325-1 (professor)

1. Literatura infantojuvenil I. Nascimento, Denise. II. Título. III. Série.

CDD-028.5

Índices para catálogo sistemático:

1. Literatura infantojuvenil 028.5
2. Literatura juvenil 028.5

SARAIVA S.A. Livreiros Editores
Rua Henrique Schaumann, 270 - Pinheiros
05413-010 – São Paulo – SP

14ª edição/7ª tiragem
2019

SAC | 0800-0117875
De 2ª a 6ª, das 8h30 às 19h30
www.editorasaraiva.com.br/contato

811500.014.005

invento o que só com amor
se pode inventar,
o que já foi dito mil vezes
e que sempre se dirá.

Roseana Murray

Adolescente, olha! A vida é nova...
A vida é nova e anda nua
– vestida apenas com o teu desejo!

Mário Quintana

Para Iara, Lívia e Érico – meus filhos –,
vivendo histórias de amor.

E para a Silvinha – minha mulher –,
o carinho de sempre.

Sumário

De amora e amor

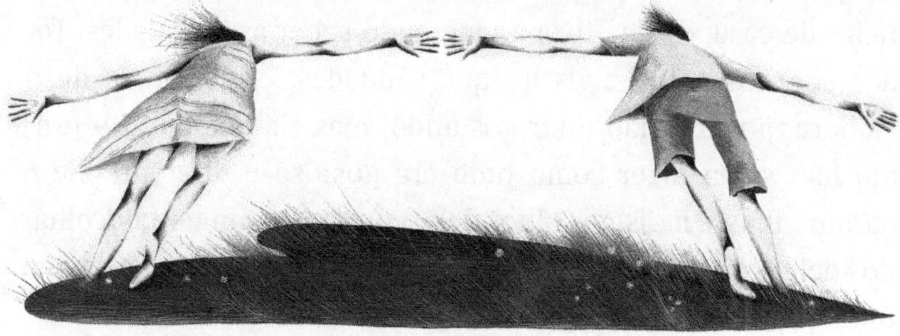

A garota trazia o mundo das luzes, asfalto, ruas movimentadas, passeios em *shoppings*, preocupação com a etiqueta da moda e fins de semana em praias. Ela sabia como ir e vir no meio da multidão. Conhecia os perigos todos e as belezas todas de um mundo maior. Ela sonhava em ser artista de cinema, manequim. Queria conhecer o mundo inteiro, ser famosa e muito amada.

O garoto estudava por ali mesmo, na cidade próxima da fazenda. Um dia chegaria à universidade, mas estudaria coisas da terra, para conhecer cientificamente o que já sabia na prática. Nem sonhara antes com cidade grande, satisfeito com seu pedaço de terra, cercado de montanhas. Sabia coisas do tempo olhando para o céu. Sabia muitas outras lições aprendidas com os colonos do pai. Curtia os frutos que a terra lhe dava de graça. Vibrava quando era tempo de mangas, tempo de goiabas, tempo de jabuticabas e de outras frutas. Sentia um prazer imenso em pisar descalço a terra, mesmo contra a vontade da mãe. Gostava de lidar com o gado, tocar na terra, plantar e colher.

A garota veio com os tios. Chegou cheia de curiosidades, querendo saber tudo sobre a terra: o plantio, as colheitas, como se lida com o gado, tudo. Desajeitada, andou a cavalo. Sentiu mais medo do que prazer. Estava gostando muito da fazenda. Só que não ficava um dia sem ligar para a mãe, querendo notícias de casa, de sua turma, querendo saber as novidades. Todos achavam que, mais do que saudades, era vontade de ir embora, poderia não estar gostando, mas ela negava. No fundo, não sabia dizer como tudo era gostoso e diferente. Se o garoto olhasse mais nos olhos dela, como a garota tentava olhar nos dele, veria que estava muito alegre, querendo muito bem a tudo que via.

Naquele dia da chegada, o garoto se aproximou do carro todo alegre. Era uma tarde meio chuvosa e ele foi logo se oferecendo para lavar o carro do tio. Não sabia conter sua alegria por ver uma garota tão bonita, mas era desajeitado no seu jeito de mostrar os sentimentos. Nunca explodiria em risos, mas os olhos ganharam um brilho novo quando viu que vinha alguém com os tios, uma garota morena, cabelos longos, fala de gente educada de cidade, olhos de quem domina o mundo.

No começo, cada um ficou no seu canto, tímido. Depois, os pais dele e os tios incentivaram a amizade. Disseram que ele deveria mostrar para ela a fazenda, com tudo de bom que havia para ver, tocar, cheirar, comer e sentir.

Começaram a fazer caminhadas e a andar a cavalo juntos. Depois veio a pescaria e o domingo na cachoeira, com a família. Lanche à vontade, sucos variados, muita conversa e os amigos da família cantando modas de viola. Ele gostava delas, a garota achava-as diferentes, esquisitas.

No dia em que a vaca Ternura deu cria, ele chegou todo agitado, contando. Ela era dele, o pai lhe dera ao nascer. Todo carinho era pouco para agradá-la. A menina contagiou-se. Quis ir junto para ver o bezerrinho. Juntos escolheram o nome para ele: Teimoso. A cara era de teimoso. Não sabiam a razão do nome, mas gostaram dele os dois. Nem sabiam dizer aos outros quem o tinha escolhido. E não falaram em outra coisa durante vários dias.

Depois, ela foi ficando íntima de todos os animais que faziam parte da vida dele, das galinhas poedeiras, dos gatos, cavalos, coelhos e de um papagaio falante. João-de-barro, tico-tico, curió, sabiá, pintassilgo, canário, ela já os distinguia no voo, no canto e no pouso. Ali eles não ficavam presos, voavam livres, mas vinham e voltavam ao jardim e ao pomar.

A garota perguntava e o garoto mostrava-lhe tudo: planta brotando, olho-d'água saindo como um pedaço de cristal, bezerro nascendo, bezerro mamando, como se apertam as tetas da vaca para sair leite, como se derruba parte da bananeira para cortar o cacho ainda verde. Juntos passearam pela mata, levando biscoitos, manga e limonada. Calados, ouviram os variados piados dos pássaros. Correram atrás de bichos miúdos, só para assustá-los.

O garoto não perguntava nada, mas ela ia contando um pouco do seu mundo. Falava das amigas, das paqueras nos *shoppings*, das festas com a turma, das tardes de domingo nas danceterias, das sessões de cinema, da loucura que era tomar condução de manhã, quando ia para o colégio. Era um mundo novo que mexia um pouco com ele, que lhe despertava curiosidade. Só que não tinha muita coragem de perguntar mais coisas, para não parecer um caipira.

Todos os adultos notaram que ela quase já não telefonava para a mãe. Quando isso acontecia, ficava um bom tempo contando coisas da fazenda, com uma ternura especial.

Os dois colhiam os ovos nos ninhos todas as tardes. Embalavam nas cartelas. Falavam pouco, mas animados e gostando de ajudar os colonos. Cedo, iam ao retiro com copos com fundo cheio de mel. Tomavam o leite quentinho e espumante ali na hora. Ela descobria que era outro sabor, e repetia a dose sempre.

Voltavam com os pés sujos de bosta de vaca e as mãos cheias, com latões de leite e ervas para o chá. Ela achava gostoso o chá de hortelã e ele procurava os galhos mais bonitos. Na cozinha, sem ninguém pedir, ele providenciava a caneca, a água e punha o chá para ferver. Enquanto esperava, era ele também quem revirava as latas, os guardados da mãe, certo de que havia sempre rosquinhas, broas, biscoitos diversos. Já sabia que ela adorava uma bolachinha dupla, com goiabada no meio, e não parava a busca até achá-la. Com as canecas de chá cheias e uma travessa lotada de quitandas, sentavam-se na escada e esqueciam-se do tempo. Nessas horas, as diferenças sumiam entre os risos por tudo e por nada, e os olhares eram quentes. A cena se repetia na hora do almoço, na pipoca da volta do dia, com leite, café ou chá, e no jantar. Não se sentavam à mesa como os demais, preferiam a escada longa da porta da cozinha. Comiam e se mostravam um ao outro como quem já se gosta muito e precisa repartir lembranças, segredos e sonhos.

Juntos iam ao rio pescar ou nadar, com mil recomendações dos adultos, que atrapalhavam um pouco, sobretudo quando falavam em cobras. Cavalgavam às tardinhas. De manhã, dirigiam a carrocinha que levava o leite do retiro ao ponto do caminhão leiteiro. Discutiam se choveria ou não. Uma tarde que choveu e fez sol, com os corpos molhados por não ter dado tempo de chegar à casa-sede da fazenda, houve um instante de encantamento. Ela olhou para o céu e viu, pela primeira vez ali, um imenso arco-íris. Ela achou belas e harmônicas as cores, bem diferente das vezes em que as viu na cidade, nas fotos ou na tevê. Tremia de emoção, com uma vontade gostosa de rir e de chorar, de subir ao céu para tocá-las. Mais encantada ficou quando ele disse que, além do rio da fazenda, havia outro a quilômetros dali. O arco-íris estava bebendo água. Uma ponta bebia em um rio e a outra, em outro. Se alguém passasse por baixo do arco-íris com um garfo ou colher, mudaria de sexo. Mulher que quisesse virar homem deveria passar com um garfo. Homem que quisesse virar mulher deveria passar com uma colher. Nenhum dos dois queria virar nada diferente, mas sonhavam em passar debaixo do arco-íris sem nada nas mãos. Sem dizer, os dois pensaram em passar de mãos dadas, certos de que ficariam encantados, entrariam no mundo da fantasia. Contaram os desejos e resolveram caminhar para o lado do rio para tentar. Quanto mais perto chegavam do local que parecia servir de bebedouro, o arco-íris ficava mais longe. A brincadeira durou bem uns quinze minutos. Terminou sem graça e sem vitória, quando o arco-íris foi se apagando. Uma nuvem o encobriu e não mais brilhou aquela tarde.

Resolveram buscar as frutas que davam perto do rio. Só encontraram, bem verde e vermelho, o pé de amora. Ela não conhecia a fruta e achou-a meio esquisita. Parecia um bicho vermelho-escuro, meio peludo. Com muita insistência dele, que apanhava, oferecia e saboreava amora, dizendo que era uma delícia, ela resolveu experimentar. Gostou tanto que repetiu. Comia todas que ele trazia, cada uma mais vermelha e escolhida só para ela.

A garota, depois de comer muitas amoras, quis fazer batom do caldo delas. Os lábios ficaram muito vermelhos, as mãos também se mancharam. O garoto falou desajeitado que ela estava muito bonita com o batom de amora. Ela riu e mostrou-lhe as mãos. Ele as segurou, apertando as amoras. E aconteceu o primeiro beijo medroso, doce e tremido. E as duas bocas ficaram muito vermelhas de amor e amora.

Carta de amor

Alô, Princesa:

Estou lhe escrevendo sem esperar resposta à carta anterior. Telefonar longamente agora, com policiamento aqui em casa, não vai dar. A barra pesou feio! A conta telefônica deu alteração, foi nas alturas, e ligar pra Campinas, nesta casa, só eu. Eu tinha que pagar o pato. Até me arrepiei quando o velho chegou com a conta na mão, os olhos soltavam chispas, o papel tremia e a mãe entrou no coro pra dar coreto. Fizeram meia hora de discurso, tiraram defuntos da cova, lançaram previsões como se fossem adivinhos. Disseram que eu já tenho idade de trabalhar, além de estudar, para pagar minhas despesas. Se eu fosse um aluno brilhante, tudo bem, mas sempre em recuperação, ou melhor, em recuperações, duas ou três por ano. Se eu quisesse fazer interurbanos tão longos, que usasse a minha mesada. Mesmo vermelho de raiva, quase ri. A minha mesada já é tão curta até pra cervejinha, como ia dar pra interurbano? É duro ser duro, Princesa! Mas não vou enumerar tudo o que ouvi, como se eu fosse o filho mais inconsequente e ingrato do mundo. Como se eu desconhecesse completamente o que é ser filho de gente da falida classe média brasileira. Como se eu fosse um alienado em economia e não manjasse nada do que se passa quando o salário deles chega. Sei tudo isso, como você sabe. Só que é tão bom esquecer o mundo e ficar só ouvindo a sua voz, Princesa. A sua voz no telefone, de longe, mas bem gostosinha, perto do ouvido, dizendo coisas gostosas sobre a vida, sobre o amor. A gente precisa dar um jeito é de estar juntos. Nenhum telefonema, nenhuma carta ou bilhete substitui os nossos toques de mãos, os olhos nos olhos, as falas quentinhas no ouvido. Não é isso, Princesa?

Você vê, é lógico!, que estou digitando a carta, e não escrevendo à mão. É, sim, com o computador que a mãe me deu no aniversário. Eu não falei que logo estaria dominando a máquina? Não sou nada burro!... O curso terminou na semana passada e já estou brilhando. Lógico, nem precisa perguntar, a primeira cartinha foi esta pra você. O primeiro nome que escrevi (você se lembra?) quando ganhei o presente, digitando só com o pai de todos da mão direita, foi: P R I N C E S A. Assim mesmo, só com maiúsculas e com um espaço separando. Prova de amor maior, acho que ninguém deu à namorada, não acha? Mas agora sei digitar bem e rapidamente, e ninguém me segura. Sei redigir com clareza e obedecendo às regras gramaticais, pois nunca fui mal em português. Arranho bem o inglês e vou aprimorando mais. Acho que tenho futuro por aí... Veja se acha nos classificados dos jornais daí algum emprego que exija essas habilidades, recorte-o e me mande, por favor. Assim mataremos dois coelhos com uma mesma cajadada, como diz o vovô: não dou tantas despesas pro meu pai (nem de telefone, nem de boca, nem de roupa) e fico bem pertinho de você. Quero ajeitar uma pensão em sua rua, de preferência em frente à sua casa, mais de preferência ainda com a minha janela em frente à sua janela. Quero só ficar vigiando seus passos quando a gente não estiver juntos. Vou levar o meu binóculo, que será útil para aproximar mais você de mim. Vai ser gostoso, você vai ver. Se tudo der certo, Princesa, a gente poderá economizar alguns trocados. Você arruma também um emprego de meio expediente, pra não deixar os estudos, e a gente abre uma poupança. Quando a renda der, tiraremos tudo e compraremos alguns móveis. Voltaremos a economizar e compraremos mais móveis. Dentro de uns dois ou três anos, poderemos nos casar e ter a nossa casinha. Eu vou poder ver você o dia inteiro (pelo menos aos sábados, domingos e feriados), a noite inteira, sem pensar nas dificuldades pra falar menos de meia hora por telefone diariamente.

Eu quero saber das suas novidades... Como vai a vida? Sua mãe melhorou dos nervos? Ela continua com a esperança de voltar com seu pai? Que coisa!... Como o amor pode acabar assim, Princesa? Nem acredito. Ela é uma mulher tão bonita, tão dedicada à casa e à profissão de professora, tão boa mãe... Não pode ter sido má esposa, não pode. O que será que seu pai achou na outra, que você me diz que é um bofe? Fico com pena de vocês, embora você me diga que sua mãe é durona e nem quer tocar mais no assunto. E você tem visto seu pai aos domingos? Espero que as coisas estejam melhores pra vocês... Tá bom, meu bem? Nem sei que besteira a minha tocar nesse assunto por carta, já que você foge dele por telefone. O papel é frio e me encorajou. Não quis bisbilhotar, só ajudá-la, mas penso que as palavras não ajudam muito... Não é verdade?

As novidades daqui são simples e raras. Você sabe como são as cidades pequenas... Não sei como tem coragem de dizer que gosta mais daqui do que de Campinas. Talvez seja pela liberdade que a gente tem de sair, frequentar os clubes, chegar tarde, andar em bando, rindo de tudo e por tudo. Apesar da tristeza de sua ausência, tenho me divertido sim. A nossa turminha continua aprontando: pouco estudo e muita festinha, campeonato de natação (não me pergunte, por caridade humana, a minha classificação), às tardinhas corremos alguns quilômetros. Depois, uma cervejinha, que ninguém é de ferro. Há alguns namoros novos e outros terminados. Como tenho o meu amor distante, nem quero saber se a menina está sozinha ou se quer namorar. Juro que sou sincero! Também, não sei por que não seria, se você é a minha P R I N C E S A. Sempre com maiúsculas, sempre bela como nenhuma outra, sempre a única. Sempre a que, mesmo estando longe, mora aqui em minha cabeça. Toma conta de minhas horas. É tudo o que sinto, sei e quero.

Gostou da declaração? Não sou muito bom em poemas de amor, como queria ser. Leio os poetas românticos e fico pensando em compor um soneto bonito, falando de seus olhos, de seus abraços e beijos, de tudo que você é e representa pra mim. Mas, quando começo, descubro que sei mesmo é escrever dissertação escolar sobre temas da atualidade, como a professora de português gosta, já preparando a gente para o vestibular. Deviam preparar a gente para o vestibular em declaração de amor, não acha? Você também, eu sei, tem dificuldade em declarar amor, falando ou escrevendo. Se frequentássemos um cursinho... Desculpe as besteiras. Tudo isso é enrolação pra dizer o que você já sabe, mas sinto dificuldade em dizer, mesmo escrevendo. Você sabe disso, não é, Princesa?

Acho que esta carta foi dose! Pior do que quando eu escrevia à mão. Não acha? Vou parando, com muitas saudades. Aceite meus longos abraços e quentes beijos, todo o meu amor pra Princesa mais linda do mundo. Do só e sempre seu

Rô

A garota do circo

Jorginho foi ao circo por ir, mesmo achando uma diversão meio infantil para os seus treze anos. O avô insistiu. Pagou o ingresso, e ainda havia no ar a promessa de passarem pela sorveteria, como faziam quando iam com ele a algum lugar. Jorginho achava até engraçada a febre do avô, uma loucura sem fim por circo. Sempre que aparecia um bom na cidade, ele convidava os netos. Vibrava mais do que eles com tudo o que via.

O espetáculo começou. Jorginho achou tudo muito parecido com o que já tinha visto. As mesmas graças dos palhaços, o homem engolia fogo do mesmo modo, o mágico acompanhado de uma loira bem bonita, melhor do que qualquer magia feita. Depois, foi mais vibrante o número das motos no Globo da Morte. Mais vibrantes ainda foram os acrobatas se atirando no ar, fazendo coisas incríveis. O locutor criava o clima, dizia que os irmãos Ramenzoni eram os mais famosos acrobatas da América.

A música colaborava no suspense, cada vez que um corpo se deslocava de um trapézio ao outro. Crianças, jovens, senhoras e senhores sérios, todos se uniam na emoção. Nenhum ruído a não ser dos três corpos que se atiravam no ar, dando piruetas, indo e voltando de um para o outro trapézio. O número terminou com o entusiasmo geral, os três felizes, donos do circo.

A vibração de Jorginho aumentou quando entrou a garota equilibrista, linda em seu biquíni dourado. Os cabelos soltos, o sorriso em festa, os olhos vivos como se fitassem só os dele.

A garota equilibrista jogava para o ar arcos cheios de fitas, que se desenrolavam e lhe envolviam o corpo. Ela dançava e o corpo envolto em fitas tomava as cores de um arco-íris. Um corpo benfeito, sensualmente belo, que ficava mais vivo com as luzes coloridas, o som e os passos de valsa. Os olhos de Jorginho iluminavam-se, os movimentos da garota mexiam com sua pele e pelos. Ela levantava bem alto os braços e as pernas, avançava e recuava. Mexia ombros e nádegas. Rodopiava. E os seus sorrisos e olhos iam e voltavam em frações de segundo. Por uma estranha magia, as fitas cobriam e descobriam os ombros, as pernas, a cintura. As fitas misturavam-se com os cabelos, sem perturbar os movimentos soltos e leves, vibrantes e coloridos. Os treze anos de Jorginho se concentravam naquele espetáculo nunca visto. A cabeça girava. Os olhos não perdiam um detalhe. Pareciam possuir uma estranha e provocante lente de aumento, fazendo o corpo maior, mais belo ainda e muitas vezes mais sensual.

Quando o número acabou, o circo veio abaixo. Enciumado, Jorginho aplaudia. Queria que a garota visse como ele gritava e batia palmas de um modo mais intenso e apaixonado. Tão forte era sua vibração que o avô percebeu. Aplaudia a garota e olhava para o neto, com saudades, por certo, daquela alegria, daquele calor.

O espetáculo continuou, mas na cabeça de Jorginho dançavam ainda a garota, os arcos e as fitas. Sabendo que o agradaria, quando passaram vendendo fotos dos artistas, o avô escolheu uma da garota e passou para Jorginho. Os outros netos que escolhessem as deles, a de Jorginho ele sabia qual a escolhida. Enquanto os primos e o avô se ligavam nos demais números, Jorginho olhava para a foto em cima de sua perna esquerda. Por um momento, o avô olhou para trás, só para comprovar o que suspeitava; e deu uma piscadela cúmplice para o neto.

Naquela semana, Jorginho fez tudo para conseguir dinheiro: vendeu suas revistas masculinas (escondidas embaixo das caixas de sapato), deixou de jogar *videogame*, não comprou fichas para lanche na escola e exigiu mesada antecipada. Foi ao circo todas as noites, mesmo correndo o risco de chegar tarde e de levar bronca do pai.

Cada dia voltava para casa mais encantado, carregando alegrias e a decepção de não ter conseguido falar com a garota. Ia com ela na cabeça. Dormia e sonhava com a garota várias vezes. Ela dançava no seu quarto, no circo e no próprio arco-íris. Não comia direito e não conseguia estudar. Matava aulas para ficar rondando o circo, na esperança de vê-la bem de perto, de falar com ela, de contar-lhe da loucura que era o seu amor. Não conseguindo, esperava ansioso a noite chegar. E a garota continuava o seu espetáculo de corpo e cores e risos e olhares perturbando o seu dia.

Na arquibancada, torcia-se nervoso, irritado com outros números. Não suportava sequer o Globo da Morte ou os acrobatas. Roía as unhas, coçava a cabeça e fantasiava a espera.

Quando a garota entrava com seu corpo ágil e bonito, suas fitas cobrindo e descobrindo o corpo, os arcos jogados no ar, o sorriso e os olhos indo e voltando nos rodopios, o corpo de Jorginho se arrepiava. Os olhos grudavam nela em doido encantamento. E o número parecia diminuir, logo ela estaria recebendo seus gritos de bis, bis, bis, suas palmas, as luzes dos olhos levando-lhe a sua vontade de roubá-la do circo, de levá-la para bem longe, para uma ilha onde ela pudesse dançar só para ele, ser só dele. De novo, dava a volta para perto da entrada dos artistas. Queria falar com ela e era barrado. Sofria muito até ir, inquieto, para casa. O sono não vinha e, mesmo acordado, sonhava com a garota, as suas pernas, o corpo, as nádegas, as fitas, o sorriso, os olhares só para ele.

Quando assistiu ao último espetáculo do circo, a dor de Jorginho batia forte no peito. O que seria dele sem ela? Como viver sem aquela garota que dançava todas as noites para ele? Demorou, mas ela veio e ele se envolveu em sua magia. Esqueceu tudo o que poderia sofrer e entrou de novo no tapete mágico e voou, voou, voou...

Todo mundo foi para casa no final do espetáculo. Jorginho sentou-se no banco da praça e ficou vendo os homens desmontarem o circo. As mulheres ajudavam, enchiam grandes caixas de fantasias: maiôs, penas grandes e brilhantes, chapéus, fraques, cartolas, vestidos longos e coloridos, joias falsas, roupas de palhaços e de dançarinas. Jorginho ao longe queria descobrir o biquíni conhecido, as fitas, os arcos. Não conseguia ver a garota entre as mulheres, nem as coisas dela entre as fantasias enterradas nas caixas. Sofria, o coração batia nervoso. Não resistiu e chegou perto, pensando em oferecer ajuda. Seria uma boa desculpa...

– Por favor, estranhos não podem... Vamos afastando, vamos afastando, por favor, por favor.

Ela, por certo, já estaria dormindo. Ele saiu assobiando a valsa que acompanhava a dança das fitas. A garota dançava em sua cabeça, mais bela e sensual. Queria que ela ouvisse o assobio para ter certeza de que, naquela cidade, ficaria alguém sofrendo de amor por ela. Alguém que sonhava encontrá-la um dia, fora da fantasia e do circo...

O retrato

– Hélio, dizem que você desenha muito bem, que faz retratos que são uma beleza. Eu queria que você fizesse o meu.

– A gente pode combinar. Não sou tão bom assim, mas...

– Combinar? Eu não tenho dinheiro para pagar e quero um retrato de presente de aniversário. Faço anos o mês que vem, sabia?

– Não é combinar dinheiro. Preciso conhecer melhor você, seus gostos, sua alma. Se não for uma coisa assim sentida, é melhor mandar tirar uma fotografia.

– E o que você propõe?

– Sei lá. O que você acha?

– Você fez o retrato da Gabi e ficou lindo...

– A Gabi tem mistérios... Antes de fazer o retrato, fiquei curtindo uma paixão por ela de dois meses ou mais...

– Vai me dizer que se apaixonou ou conhece a fundo a Malu Mader? O retrato dela não se parece com nenhuma foto de revista, e está lindo.

– E quem diz que a gente não ama uma atriz ou cantora preferida? Quem diz que ela não está com a gente bem lá dentro, fazendo um bem danado pro nosso ego?

– Acho que está intelectualizando muito as coisas.

– Você já se deu a conhecer um pouco. Mariana: morena de dezesseis anos, primeiro ano do 2º grau, estuda por estudar... É bonita porque nasceu bonita e não gosta de intelectualizar as coisas. Acertei?

– Está tirando um sarro. Não gosto de gente cínica.

– Outro dado: não tem alcance para entender uma brincadeira sutil, leve ironia.

– Daqui a pouco, vai dizer que sou burrinha também...

– Não tem muita segurança. Teme o que os outros dizem ou pensam.

– Credo, que cara complicado! Vai ou não fazer o meu retrato?

– Não.

– Por quê? Falta de tempo?

– Não, por falta de conhecimento da pessoa retratada.

– Que falta de classe! Você faz pose, hein, cara? Vai ou não vai fazer o meu retrato?

– Não. Sua beleza merece coisa melhor, sua sensibilidade também...

– Acho que mereço mesmo!

– Esqueça a raiva. Vamos tomar um refrigerante?

– Minha falta de sensibilidade não me deixa aceitar.

– Gosto do seu jeito agressivo. Pensei que você fosse assim, meio água com açúcar.

– E eu pensei que você fosse um cara fino, legal, um artista.

– Como é, aceita ou não o convite?

– Que convite?

– Para o refrigerante...

– Não vejo a razão do convite. Se não vai com a minha cara...

– Quero conhecer você melhor. A gente poderá conversar...

– Não, eu queria o retrato apenas. Amigos eu já tenho demais... Não vejo por que me conhecer melhor...

– Pra fazer o seu retrato.

– Mas você disse que não...

– Mudei de ideia. Não posso mudar?

– E o que fez você mudar de ideia?

– A raiva que vi nos seus olhos, suas lágrimas tremendo e a vontade que teve de furar os meus olhos.

– Acho que você é meio doido.

– E eu acho que você é linda, sobretudo quando está nervosinha.

– Você me deixou nervosa. Se eu soubesse que era um cara tão metido a besta...

– Eu queria desenhar você numa hora assim de raiva. Vejo que já está ficando elétrica de novo.

– Deixa de ser chato. Vamos logo tomar esse refrigerante, antes que eu mude de ideia.

– Depois eu posso fazer o seu retrato?

– Não.

– Por quê?

– Porque eu preciso conhecer melhor o retratista.

– Acho que a gente vai se dar bem.

– Quem sabe?

– Eu pressinto...

– Além de convencido, ainda faz pose de adivinho.

– Esquece. Vamos ao refrigerante. O resto só o tempo...

O amor e as diferenças

Realmente, parece que a gente não combina, não tem nada a ver com o outro. Somos como dia e noite, sol e lua, santo e demônio. Mariana toca piano clássico, eu curto só música brega, toco guitarra, *rock* pauleira ou música de caminhoneiro. Ela foi educada nas melhores escolas. Fez cursos de inglês na Inglaterra e de francês na França. Fala um português sem nenhum desvio gramatical, nem parece uma garota de quinze anos. Eu só tropeço na gramática. Estudo em curso noturno de escola pública. Já levei três bombas e não sei mais o número de recuperações. A família dela é toda burguesa, gente rica, de viajar para o exterior, ter casa na praia e no campo, endereço em bairro de uma minoria, com mansão ocupando o quarteirão. A minha gente não tem onde cair morta. Todo mundo trabalha, e vivemos amontoados em um apartamento de quarto e sala nas bibocas da cidade. A gente não mora, se esconde. Passo de ônibus para o trabalho e, muitas vezes, deparo com Mariana indo pro colégio de carrão com motorista. Ela vai atrás, bem-vestida, toda fresquinha. Sorte dela! Enquanto eu me esfolo no aperto do coletivo, ela se delicia com o ar-refrigerado e o som de primeira linha. Chego a ouvir os acordes das orquestras ou dos pianistas que vêm das caixas de som, como se estivessem saindo de um estúdio de gravação. Acho que ela não sabe o meu nome nem sabe que eu existo, que eu resisto. Mal sabe ela que já cruzamos aqui e ali, pois ando enfeitiçado atrás dos passos dela. Não sabe que todas as declarações de amor que aparecem pichadas nos muros que cercam sua mansão foram escritas por mim. Para escrever, corri riscos e riscos: polícia, cachorros e guardas pessoais, não só da mansão como de todo o trecho da sua rua. Só que valeu o risco. Caprichei nas letras e nos textos. Por mais que mandem apagar todos os dias, as minhas declarações de amor voltam sempre mais quentes, mais doces e mais apaixonadas por Mariana. Por certo ela pensa que é um dos muitos riquinhos que vivem de queixo caído por ela.

Nem suspeita que é um cara pé de chinelo, mas com um coração enorme, quase do tamanho desta cidade, que ninguém sabe mais onde começa ou acaba de tão grande. Guardo este meu amor só pra mim. Feliz em saber que posso ver Mariana passando com sua riqueza e luxo. Mariana sempre com um vestido novo e os cabelos muito luminosos, soltos e dançando no rosto. Se ela olhasse pra dentro dos ônibus que passam lotados, descobriria facilmente meu olhar entre os outros olhares. Descobriria o meu sorriso entre as caras amarradas. Vou pra luta sorrindo. Só com a certeza de que Mariana é gente, existe de fato. Não é só garota de calendário estrangeiro, com jeito de filha de princesa ou de rainha. Sei tudo sobre Mariana: quando dorme, do que gosta ou não de comer, como se diverte, qual o seu santo padroeiro (que, por sinal, é o meu, São Francisco, a única coincidência no meio de tantas diferenças). Sei o que ela pensa da vida e do mundo. Sei até que planos tem pra quando for mulher. Mariana não sabe nem que recebo carinhos da mesma mulher que faz carinhos nela; que cuida da minha roupa a mesma mulher que cuida da sua. A mesma mulher que pergunta pra Mariana e pra mim o que está acontecendo pra gente sorrir tão solto ou pra chorar sem motivo. Ela nem suspeita que há um rapaz de quinze anos como ela, de orelhas em pé e cabelos arrepiados, quando a mãe chega com as sobras de comida e de carinhos. Nem sabe que a mãe me fala dela, Mariana, com tanto carinho, como não falaria dos próprios filhos aos patrões.

O atraso

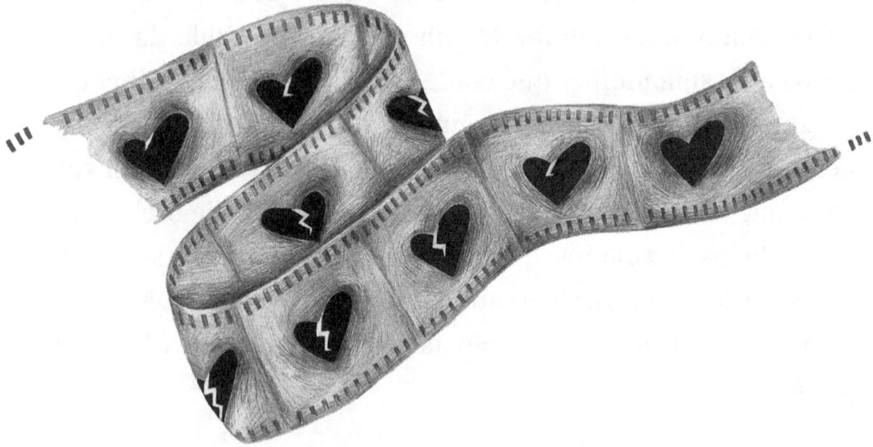

Shopping, 19h30. Tudo claro, luzes nas lojas e nos imensos lustres. Ar-refrigerado, vitrines vistosas, liquidações, ofertas, descontos, gente pra lá e pra cá, sem pacotes, sem compras. Cartazes, filmes novos, filas, festa de jovens, paqueras, amigos, risos, piadas, abraços, beijos, telefones ocupados, diálogos cortados, música suave na loja de discos, televisores ligados e em oferta, à espera, à espera, à espera.

Marcaram para as 19 horas. Ela mesma disse que detestava atrasos. Iam ver um dos filmes premiados com *Oscar*, sessão das oito. Como pressentia que iam ficar sem ingressos, ele entrou na fila e comprou as duas entradas para *Dança com lobos*. Ligou para a casa dela, não estava, tinha saído às seis. Andou de um lado para o outro. Sentou-se na mesa da lanchonete e pediu um refrigerante. Terminou de beber devagar. Olhava insistente para o relógio, de olho na escada rolante que subia do segundo para o terceiro piso.

Dez para as oito, terminada a sessão anterior, todos entraram. Só ele de fora, na espera. Já estava perdendo a paciência. Nunca forçou nada. A paquera, os olhares e a troca de uma ou outra palavra já duravam um bom tempo. No sábado anterior, quando viu que ela olhava os cartazes de cinema bem interessada, fez o convite. Não tinha mais ingressos. Combinaram para o próximo sábado, tinha certeza. Houve vários papos pelo telefone, sempre renovando a espera do sábado, do cineminha juntos. Agora, ela dava bolo. Desceu um piso. Verificou quem entrava, ela não vinha. Subiu de novo. Ficou andando de um lado para o outro, como se estivesse interessado nas lojas, nas ofertas e novidades.

Oito e dez. Vendo que um rapaz chegou atrasado e não encontrou ingresso, vendeu o dela e achou melhor entrar. Se ela se atrasava mais de uma hora, por certo não estava tão interessada no encontro, ou arranjou um programa mais interessante.

Envolvido com o filme, apesar do péssimo lugar que encontrou, ainda se lembrava do bolo que recebeu. O que doía era não ter recebido nenhum aviso. Não custava nada ter avisado que não queria ver o filme ou que não poderia. Chato ficar esperando. Chato ver o filme sozinho. Precisava desligar-se dela para melhor acompanhar o enredo. Só que doía a mancada.

Viu uma garota procurando lugar. Parecia loira, era miúda, magrinha, talvez fosse ela. Não era. Mas a imagem da loira, magra e miúda, o sorriso discreto, os olhos verdinhos de doer, os cabelos loiros e lisos, o jeito tímido e um modo de falar meio rouco iam e voltavam, mais fortes que as cenas violentas do filme. Planejara tanta coisa. Primeiro comprariam a entrada, depois tomariam um chopinho com fritas. Já imaginava no cinema os dois, mãos dadas, ou, melhor ainda, apertando-lhe os ombros, alisando-lhe os cabelos. Primeiramente, beijinhos no rosto e nos cabelos, para chegar a longos beijos na boca e muito carinho. Tudo inútil, nem um plano deu certo.

O filme foi mais longo do que ele esperava. Saindo, ouviu um "psiu". Olhou, era ela.

– Olha só, quem é vivo sempre aparece! Você é você mesma?

– Em carne e osso. Mais osso do que carne...

– Só três horas atrasada...

– Me desculpa, mas não deu...

– Você perdeu. O filme é ótimo!

– Por que não me esperou?

– Entrei com o filme começando...

– Cheguei logo, acho que oito e pouco.

– Entrei oito e tanto.

– Pior é que o filme demorou muito, e logo chegará a hora de eu ir pra casa.

– Vamos tomar um chopinho antes?

– Você está zangado?

– Estava chateado.

– Já não está mais?

– Você chegou, fez "psiu" e me esqueci da raiva...

– Então posso falar a verdade?

– Que verdade?

– Cheguei já eram mais de nove horas...

– Por que não deu pra vir antes? Você disse isso...

– Aí é que está a mentira. Passei pela casa da Deise e ficamos fofocando. O tempo passou e quando notei... Você me perdoa?

– Esquece. Mas quero que prometa não se atrasar amanhã.

– Está me convidando pra sair?

– Você não queria ver o filme?

– Mas você já viu...

– Vejo de novo.

– Não, será chato pra você.

– Não, será bom. Posso me desligar da tela e ficar só olhando pra você.

– Meu Deus, que chique! Você está massageando meu ego, como diz minha professora de Português.

– Então, promete não se atrasar?

– Prometo. Mas vamos ao chopinho, que logo tenho que ir...

A vidente e o amor

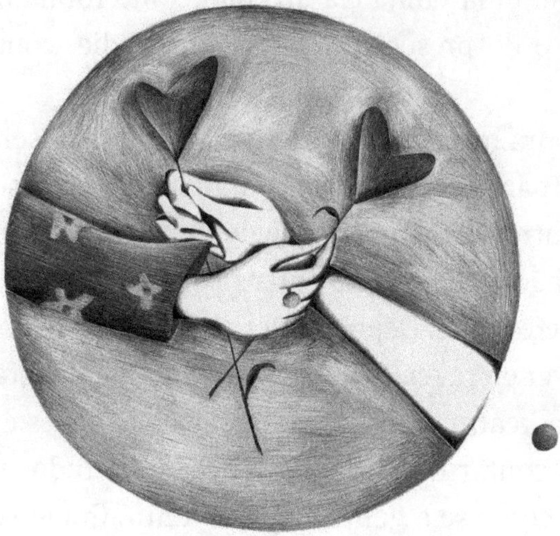

Sabe, no começo eu não acreditei muito, fiquei desconfiada. Depois que tanta gente me falou de dona Céci, até quem entende, como minha tia Sandra, tanta gente séria, colocando a vidente nas alturas, lá fui eu...

Você está certa, sempre fui chegadinha em mandar cigana ler a mão, em comprar revistas esotéricas, em acompanhar horóscopo, em mandar jogar búzios e até em fazer mapa astral em computador de *shopping*. Só que daquela vez eu não estava muito inspirada. Todo mundo falava em dona Céci e eu só pensava no Fernando. Ele, sim, comandava meus pensamentos, me tirava do sério, me fazia sonhar. Nos sonhos, via aqueles braços morenos saindo da camiseta cavadona, os ombros largos, o sorriso de garoto-propaganda de dentifrício, os olhos grandes e negros, meio ciganos. Ele era tudo que eu sonhava, mas não me dava a mínima. O Fernando ia e voltava em meus sonhos e a turminha tagarelava, pondo dona Céci nas alturas. Dizia que ela acertava tudo. Sabia ver o passado da gente todinho. Sabia ver o presente e prever o futuro, só de olhar nos olhos e no rosto da gente. Era uma captação que impressionava. Você pensava em amor, lá vinha ela dizendo como foram os anteriores. Como era o do presente e, se a gente pedia, como seria o do futuro.

Tia Sandra nos contava com detalhes coisas sérias que dona Céci disse para ela e para suas amigas. Só coisas acontecidas. Coisas de arrepiar. E falava que dona Céci não é uma ignorante qualquer não. Tem muitos cursos sobre o assunto. Fala bem, é culta e interessante. Depois de ler os olhos e o rosto das pessoas, de ver, rever e prever, conversa sobre tudo. Sabe falar de música, cinema, teatro, bons livros, receitas de doces e salgados. Se começa a contar das viagens feitas, sobretudo nos países do Oriente, é como se a gente viajasse junto. Como se ela viajasse de novo. Não é nenhuma safada, atrás de dinheiro, nenhuma charlatã. Tia Sandra bem conhecia esses tipos.

Na família, tia Sandra é motivo de gozação. Sua fé em búzios, cartas, cristais, pirâmides e em tudo o mais que envolve sorte e mistério é o centro das conversas das tias que não acreditam. Mamãe, quando me viu falar com entusiasmo sobre dona Céci, torceu o nariz e disse em tom de gozação:

– Essa aí puxou pela tia Sandra! Qualquer dia as duas partem para o mundo, tentando refazer as tais viagens místicas pregadas por um guru da moda.

– Dizem que dona Céci é diferente, mãe.

– Diferente, e você está querendo grana pra consultar com ela?

– Ela não vive de brisa, mãe. É a profissão de dona Céci, digna como qualquer outra.

– Se um ser humano tivesse esse dom de prever e rever...

– Pelo amor de Deus, mãe. Eu já sei o seu sermão. Já ouvi você dizer mil vezes a mesma coisa, só pra tirar sarro da tia Sandra. Se não puder me dar o dinheiro, discurso não...

Confesso pra você que nunca gastei melhor minha curta e valorosa graninha. Dona Céci viu tudo. Deu detalhes dos antigos paqueras. Falou de minhas preferências e dificuldades nos estudos, das coisas que eu odiava e das que eu curtia. Deu o retrato falado do Fernando, só faltou dar o nome. Disse que só sonho com um moreno, queimado de praia ou piscina, cabelos encaracolados, nem longos nem curtinhos, jeitão sensual, corpo de atleta, cara de quem sabe que é bonitão, crente que abafa, que fecha qualquer ambiente quando há um grupo de garotas. Não estava nem aí com os estudos, mas curtia moto e bandas barulhentas de *rock*. E, o que era mais importante, estava a fim de namoro, farto com as cenas de ciúmes da namoradinha. Deu todas as dicas que eu queria depois: ele estava interessado em duas ou três garotas, mas eu seria a primeira, a escolhida. O namoro seria romântico, bonito, mas não duraria muito. Ele logo passaria para outra e outra e outra... Chorei só de pensar como uma coisa bonita pode ter fim. Dona Céci percebeu minha angústia e me animou:

– Calma, menina! O mundo não acaba quando acaba um namoro. Vejo outros aqui, não tão bonitos, com jeito de quem quer ser amado, mas quer amar. O bonitão está mais pra ser amado. Ele acha que é o centro do mundo. Vai ser bom namorá-lo. Vai ser triste terminar o namoro. Depois, você vai ver que não valeu tanto a pena. Foi apenas uma experiência a mais...

– Eu queria que durasse. Queria até me casar com ele!... Não tem ninguém como ele!...

– Não há ninguém como ninguém, menina. Todos somos diferentes. Já que você está falando em casamento, não vejo isso em sua vida antes dos trinta.

– Dos trinta?! Que horror!

– Horror, nada. Vejo viagens, estudos, muitas pessoas interessantes à sua volta. Você está falando várias línguas, está bem vestida. Acho que vai ser alguém importante na sua profissão. Uma profissão ligada a línguas estrangeiras, com relacionamento humano...

Nem sei mais o que dona Céci viu em meu futuro. Eu mal escutava o que ela dizia. Só sabia ver e sonhar com o garotão moreno, queimado de praia, que gostava de moto e de som. Bonito como artista de cinema. Ela estava falando do meu futuro distante e eu, ligada no próximo. Doidinha pra sair dali e me encontrar com ele e ver se era verdade. Se eu seria a primeira...

Pelo jeito que o Fernando passou me olhando, pelo tanto que passou de moto em frente de minha porta, acho que hoje dará certo tudo o que dona Céci me disse. Se reza valer, como você diz, já queimei muitas velas e meus joelhos já estão com calos... Dona Céci só vai errar numa coisa: tenho certeza de que será ele o meu próximo e único namorado. Nosso amor vai durar séculos e séculos, amém.

A princesa ecológica e o príncipe cigano

20/02/92

Recebi ligação das primas de Guaxupé, cidade do interior de Minas. Queriam medidas para a costureira fazer a minha fantasia de carnaval, o número da camiseta e da bermuda. As meninas do nosso bloco já decidiram: sábado e segunda vamos de bermuda, camiseta e bonezinho; domingo e terça, noites melhores, vamos com a fantasia ecológica, toda de cetim, tule e bordados em vários tons de verde, com uma arara na cabeça, apoiada em um arranjo de flores e folhas. Tudo igualzinho viram em uma ala da Mangueira, ou em outra escola de samba do Rio. Dizem que vamos abafar, ganhar troféus de animação e de originalidade. Luxo, não. Já sabem de muitos outros blocos de meninas ricas... Azar! Estou pouco preocupada com prêmios. Sonho mesmo é com minha primeira noite de carnaval em clube, junto com gente adulta. Se antes eu adorava passar os dias de carnaval na praia, como meus pais preferiam, agora só penso em ir pro interior de Minas e sambar pra valer. Tenho quase quinze anos e nunca fui a um baile ou festa noturna. Minhas primas lá se divertem mais. Aqui carnaval é uma morte. Coisa só pra adulto e pra quem quer enfrentar a violência. Lá, as garotas vão a bailes desde os doze ou treze anos, como minhas primas Leda e Lucila. Basta os pais levarem... E meus tios são loucos por carnaval, como minha mãe, e diferentes do meu pai. Já sonho com a fantasia ecológica, toda verde-esperança, com a camiseta com o tal nome esquisito do bloco: Skindô-dô-dô. Vou arrumar novas amigas e amigos e, quem sabe?, por que não?, alguns paqueras. Não vejo a hora da viagem...

21/02/92

O Daniel veio direto da aula aqui pra casa. Vai ficar com a gente todo o final de semana. É um amigo meio maluquinho, meio moleque, mas muito criativo e inteligente. Está na minha classe, mas é amigo inseparável do Rô, meu irmão, dois anos mais novo que a gente. O amigo era meu e ficou mais do Rô. Coisas de afinidade... Engraçado como os garotos são diferentes, desligados, capazes de brincar com outros mais novos numa boa. Sem a pose de adulto que têm as garotas da minha idade. Lá está o Daniel chutando bola, depois de ter apostado corrida de bicicleta, nadado, lambuzado a cara com manga e com a mostarda do cachorro-quente. Já sei que minha mãe vai chamar umas dez vezes os dois pra tomarem banho. Vai repetir que o jantar sai às sete, e eles nem vão dar bola. Eles só querem curtir as brincadeiras, sem preocupação com comida ou com o tempo.

22/02/92

Vieram aqui em casa pra conversar com a gente a Martinha e a Solange. Ficamos os cinco trocando abobrinhas: o Rô, o Daniel, as duas e eu. Contei pra elas que vou sair em bloco, com duas fantasias diferentes, que vou pular as quatro noites de carnaval. As duas ficaram maluquinhas!

Queriam ligar pra tia Laura pedindo pra ir junto, queriam entrar no bloco Skindô-dô-dô. Lógico que exagerei nos detalhes da fantasia e nos prêmios que o bloco de minhas primas ganhou nos anos anteriores. Bloco delas não, agora já sinto que é meu também. Até já falo com ritmo de samba o nome do bloco, como elas. As duas foram falar com mamãe, pra saber se dava pra irem também, nem que fossem de ônibus. A viagem não é longa. Guaxupé fica na divisa de Minas com São Paulo, quatro horas de ônibus. Minha mãe jogou água fria nelas. Disse que a casa da tia já ia ficar cheia com os quatro aqui de casa mais duas tias solteiras, irmãs dela, de Belo Horizonte. Em outra oportunidade, as duas iriam junto com a gente. O Rô se ofereceu pra ficar, queria ir com a família do Daniel pra praia. Mamãe fez que não ouviu e foi até a cozinha fazer um bolo pra gente (que por sinal estava uma delícia, todo cobertinho de chocolate com coco na massa macia). Vi que as duas ficaram meio decepcionadas, mas fizemos outros planos para amanhã, domingo, se não chover: piscina no clube e discoteca à tarde. Os dois meninos nem estavam dando bola pra carnaval, mas as duas, acho eu, voltaram pra casa com tamborins, cuícas, pandeiros, confetes, serpentinas e fantasias na cabeça. Tenho pena delas, mas...

23/02/92

Não aguentei e telefonei pras primas de Minas. Queria saber se a minha fantasia já estava na costureira, se ela tinha entendido as medidas que minha mãe deu. Se encomendaram a camiseta e a bermuda. Como tudo estava certo e eu já estava pertinho do telefone, liguei depois pro Humberto. Ficamos meia hora batendo papo. Minha mãe resmungava, entrava e saía da sala. Ela quase me mata quando dou telefonema longo, por causa dos malditos impulsos. Tem coisa melhor do que esticar um papo pelo telefone? Quando um assunto morre, outros nascem e o tempo passa. Não sei por que não cobram por telefonema e não por tempo de fala.

Acho que o computador que inventaram pra medir impulsos deveria colaborar com garotos e garotas, amigos, amigas e paqueras. Você não acha, meu diário? Sobretudo aos domingos, não deveriam cobrar por impulso. Maldita empresa de telefonia, que só pensa em cobrar, cobrar, cobrar...

24/02/92

Segunda-feira brava, que dureza levantar cedo, pegar o ônibus lotado e enfrentar cinco aulas. Pior que amanheceu chovendo, meu pai só vai trabalhar mais tarde e minha mãe só dirige carro nas imediações de nosso bairro. Depois de um domingo de sol e de passeios, de piscina pro corpo ficar queimadinho até o carnaval, a segunda chega com esse dilúvio. Se pelo menos tivesse sol misturado com chuva, pra depois aparecer um arco-íris pra en-

feitar o início da semana... Só que o sol não vai dar a cara tão cedo. Parece que vamos ter uma semana de chuva. É só não chover no carnaval lá em Minas. Aqui, pode o dilúvio desabar. Que bobagem minha, que egoísmo. Afinal, um bom número dessa gente que está no ônibus, neste e nos outros, sofrendo comigo, talvez saia em escolas de samba, o que será muito bom. Acho que o carioca está sempre mais alegre e bonito do que o paulistano porque dá tudo o que tem no carnaval. Sem contar que pode ir à praia à tardinha ou de manhã, antes ou depois do serviço. Epa, estou chegando perto do meu ponto. Meu companheiro de banco vai continuar viagem, por certo pensará quem é esta fanática por escola que estuda no ônibus. Sempre que a gente escreve, todo mundo acha que está estudando. Em casa isso até ajuda, dá fama de garota responsável.

25/02/92

Hoje, no intervalo das aulas, resolvi levar um papo com a dona Mercês, uma baiana de mais de cinquenta anos que gosta muito de mim, e eu dela. Falei que ia pra Minas passar o carnaval. Ela me disse que brincar o carnaval em Minas era entrar em fria. Eu tinha que ir pra Salvador. Lá ela passou todos os carnavais de sua juventude. Foi rainha, namorou muito e arrumou noivo de fora. Só veio pra São Paulo porque se casou com ele. Se não fosse tão longe, se não fosse tão longe, ela dizia suspirando. O corpo estava na escola, no trabalho, mas sua cabeça sambava e cantava nas ruas de Salvador. Fiquei olhando pra ela assim, toda desligadona, e notei que tinha traços bonitos. Por certo, foi mesmo uma bela rainha. Mas o tempo e a luta pra viver maltrataram muito a boa Mercês. O sinal avisou o final do recreio. Entrei para a sala voando apressada e a cabeça voava até Salvador, me levava pra sambar atrás do trio elétrico até bambear as pernas. Logo, começaram as explicações do professor de Matemática e o jeito foi cortar as asas...

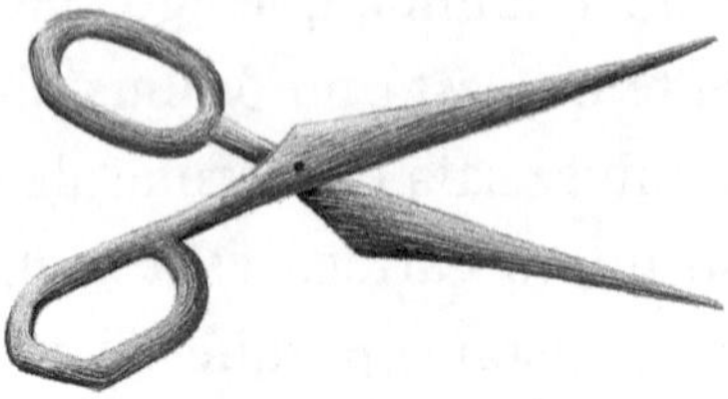

27/02/92

Parece que, adivinhando o que vai em minha cabeça, a professora de Português levou uma fita de vídeo do carnaval da Mangueira (logo da escola preferida de minha família inteira, herança do fanatismo de minha mãe) cantando o poeta Carlos Drummond de Andrade. Analisamos depois um poema de Manuel Bandeira sobre o carnaval, bastante erótico. Por fim, pediu que cada um dissertasse sobre o carnaval brasileiro ou criasse uma história passada numa noite de carnaval. Como não deu tempo de fazer tudo em aula dupla, a professora deixou a redação pra casa. Vou caprichar no tema. Gosto de escrever, sobretudo quando estou assim embalada, pronta pra entrar no samba. Sei que minha redação será legal, já estou até bolando um conto ou crônica. Vou abafar!

28/02/92

Que pena que, havendo só três aulas, por causa da baixa frequência, não tivemos aula de Português. Estava doida pra ler a minha história sobre uma garota que foi passar o seu primeiro carnaval na Bahia e lá encontrou o seu amor. Bem que eu caprichei. Pus muito samba, sol, praia, trio elétrico e meus cantores baianos preferidos. É, não deixei por menos: brinquei na rua com o Caetano, com o Gil, com a Gal e com a

Bethânia. Eu brinquei não, minha personagem brincou. Vou ler a redação, depois do carnaval. Sei que a professora não vai se esquecer. Será que depois da festa minha história terá a mesma graça de agora? Será que Minas não vai matar o meu entusiasmo pelo carnaval? Estou louca de vontade de ir. Não estou vendo a hora da gente sair de viagem amanhã cedo. Mas, no fundo, estou com medo de me arrepender, de não ter escolhido a praia, um programa certo, sobretudo agora que a chuvarada passou. Que besteira! Quero ser sempre pra cima, brilhar sempre, mas me dá uma insegurança, umas decaídas de vez em quando...

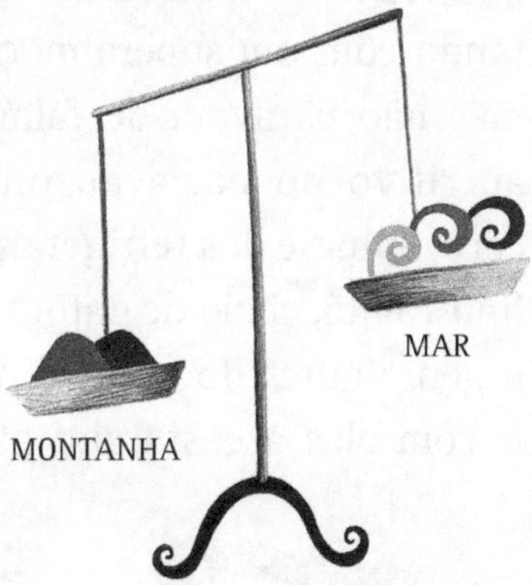

29/02/92

Não precisamos mais de despertador em casa quando o assunto é viagem. Pouco dormi. Só fiquei imaginando a festa, as luzes, as cores e os sons do carnaval. E, antes do despertador, eu já estava batendo na porta do quarto, lembrando aos meus pais que já era hora. Se meu pai não queria pegar muito sol e calor, tinha que se levantar logo. O duro foi tirar o Rô da cama. Que diabo!... Se nem está aí pra carnaval, que pelo menos se interesse pela viagem. Acho que ele também vai voltar diferente de Minas. As primas já arrumaram até ingresso pra ele se esbaldar na matinê. E falaram de muita garotinha bonita. Na hora, o Rô se anima. Se ficar mole como agora, vai se arrepender de não ter insistido em ir pra praia.

29/02/92

Olha eu de volta, meu querido diário. Será que dia 29 de fevereiro, por ser ano bissexto, dá mais vontade de escrever? Acho que não é nada disso. Fizemos uma boa viagem, sem nenhum pneu furado, nada. A pedido nosso, papai parou pouco. Chegamos logo. Foi uma festa, com primos e primas, tias e o tio esperando com um superalmoço. Mal engoli a comida, pois as primas não paravam de falar das programações, da fantasia, do aperitivo no barracão onde o bloco vai se concentrar, das cervejinhas e dos refrigerantes que compraram, do bloco masculino Takitá, cheio de gatões da cidade e de fora, reunindo-se com a gente antes do baile. Fiquei meio tonta e não via a hora de ir com elas à costureira para experimentar a fantasia. Fomos.

Achei meio esquisita, muito verde, e aquela arara na cabeça, muitas penas e plumas, meio cafona, sei lá. A ultraminissaia, a barriga de fora e os babados me amedrontaram – não por mim, mas pelo meu pai, que é meio quadradão; tive medo de que não me deixasse usar a fantasia. À noite, estávamos prontas pra ir ao tal barracão, que fica a dois quarteirões da casa de minha tia. Mas teríamos que ir de carro, porque ninguém poderia ver a fantasia antes de entrarmos vitoriosas no salão, como diziam as primas. Dei uma desculpa, só pra entrar no meu quarto. Fechei a porta, revirei a mala. Achei o meu querido diário pra deixar registrada nele a enorme alegria de agora: meu diário, são 23h30, estou indo para o meu primeiro baile de carnaval à noite. Sinto uma emoção que nem sei expressar escrevendo. Estou comum, apenas uma camiseta mais colorida, toda florida e cheia de frutos, com um enorme Skindô-dô-dô no peito e nas costas. Meu pai já me deu mil conselhos. Já me falou dos perigos do carnaval, mesmo no interior, aguentando a gozação de minha mãe e das tias Laura, Lorena e Lenira. Elas não se cansam de afirmar que, no interior, é uma festa de todos, sem nada a ver com o carnaval das grandes cidades. Mas o papai falava em perigos e perigos. E eu estou doida pra ver que feitiço tão grande tem o carnaval, que faz minhas tias, minha mãe e minhas primas vibrarem e meu pai amedrontar-se, preocupado com a filhinha querida. Amanhã eu conto, meu diário!

01/03/92

Pela primeira vez na vida, deitei-me às seis da manhã e levantei-me, ainda meio tonta, às duas da tarde. Acordei um pouco antes, olhei pras duas camas ao lado e vi a Leda e a Lucila dormindo soltas. Dormi de novo, mesmo com o vozerio e as risadinhas de minha mãe e de suas irmãs, preparando coisas gostosas na cozinha e botando o assunto em dia. Quando acordei de novo, Lucila já estava acordada. Logo estávamos as três só falando do baile de carnaval, dos paqueras, das amigas, da beleza que estava o clube, todo decorado com figuras geométricas muito coloridas, formando corpos, peixes, pássaros, flores, frutos e máscaras. Eu estava cheia de alegria e não sabia dizer do que gostei mais. A festa já começou gostosa no barracão. Fiz quase cem amigos, entre garotas e garotos. Revi mais uns vinte conhecidos, agora todos já moços e moças. Rimos, cantamos, bebemos um pouco de cerveja. Notei alguns olhares muito interessados, sorrisos safados e palavras indiretas. Fiz que não entendi e resolvi dar um tempo. Nos salões (um imenso no segundo piso e outro menor no terceiro), ao som das duas orquestras, dançavam os blocos e as pessoas vestidas de fantasias ou apenas de roupas mais berrantes. O nosso bloco foi dos primeiros a entrar e dos mais movimentados. Logo paramos para ver a entrada dos demais blocos, alguns de gente um pouco mais velha, outros de nossa idade ou um pouco mais novos que a gente. Aí eu pude ver como é gostoso viver no interior e ter amigos. A alegria dos blocos era contagiante, uns aplaudiam a entrada dos outros. E entraram blocos de casais, outros só de meninas, outros só de meninos e alguns mistos. Todos brincavam e dançavam com a mesma alegria e amizade. Os nomes dos blocos eram ainda mais exóticos do que o nosso Skindô-dô-dô: Zorra, Kissarro, Yskulaxadu, Stripulia, Capitito, Kalipígias, Syssytua, Yarabibi, Mesobreia, Fuá, Kataplá e tantos outros. Acho que resolveram ressuscitar o *w*, o *k*, o *y* e inventar nomes que me chamaram muito a atenção. Mais atenção me chamaram os rapazes, é lógico! Eu não sou cega, nem burra, nem doida, nem boba!

Sambamos tanto, rimos tanto, paqueramos tanto, brincamos tanto uns com os outros que nem vimos o dia amanhecer. Também a volta pra casa foi uma festa. Os meninos arrumaram tambores e fizeram batucada, cantaram. A festa continuou na rua até que o sono e o cansaço abaixaram com o sol já quente. Viva o carnaval! Viva eu, viva tudo, viva o Chico Barrigudo! Por que me lembrei desses versinhos? Sei lá. Deve ser a euforia, a loucura do carnaval...

01/03/92

Novamente eu aqui, hoje. Um pouco antes de sair pro baile, às onze e meia. As meninas se aprontam e, com a desculpa de ir ao banheiro, venho dar-lhe uma palavrinha, meu diário. Estou superfeliz e preciso registrar uma novidade: logo que levantamos, o Edu, meu primo, e o Rô entraram agitados. Chamavam a gente pra ler, no muro em frente à casa de minha tia, uma desesperada declaração de amor pichada de azul em letra caprichada:

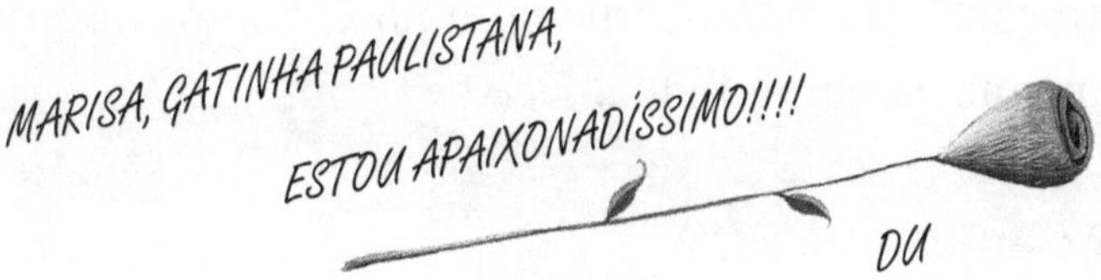

Fiquei vermelha, pois nunca recebi uma declaração de amor, assim, pública. Meu pai ficou uma fera, achava um absurdo meu nome no muro. Era uma coisa vulgar. Por ele, grafiteiro precisava dormir uma noite na cadeia pra aprender a não emporcalhar a cidade. Minhas tias riam. As primas falavam das declarações recebidas por elas. Meu tio tirava sarro. O Edu e o Rô repetiam em coro: MARISA, GATINHA PAULISTANA, ESTOU APAIXONADÍSSIMO!!!! Eu não sabia onde pôr a cara. Quando o assunto caiu no esquecimento, não aguentando a curiosidade, chamei a Lucila e perguntei quem era o tal Du. Ela riu meio cínica e não me disse nada. Ainda criou mais suspense: "É um apaixonado anônimo, e só você poderá descobrir. Quem sabe hoje à noite no baile?". Era isso, meu diário... Morro de curiosidade. Já estou imaginando um príncipe lindo, chegando em seu cavalo árabe, só pra paquerar a princesa aqui, a GATINHA PAULISTANA. E como estou linda nesta fantasia ecológica que achei meio cafona antes! Pareço uma sambista de verdade, esperando pra sair na Mangueira. Uma rainha toda de verde, preocupada com a natureza e com o seu príncipe Du. Na cabeça toda colorida e faceira, a arara parece estar rindo de mim... Tenho que ir, pois as meninas já estão gritando. O tio já está no carro pra nos levar escondidas. Será que meu príncipe Du estará me olhando em uma esquina qualquer ou em alguma janela? Será que ele já chegou e me espera no barracão da concentração? Vamos ao carnaval e ao encontro do príncipe Du... Amanhã eu conto tudo...

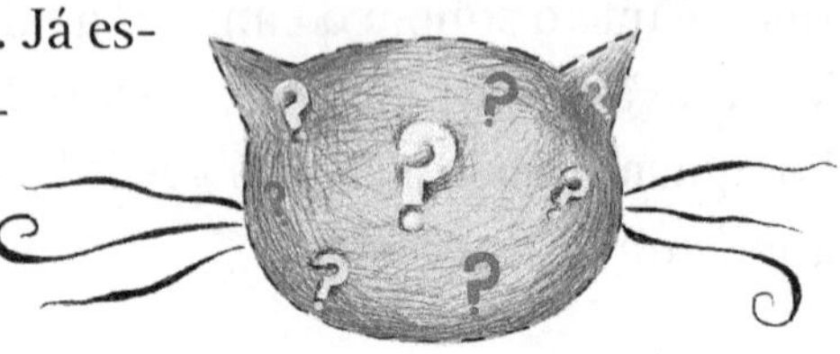

02/03/92

Sete e meia da manhã. Não vou dormir sem antes escrever como foi linda e animada a noite da princesa aqui. A princesa ecológica, a gatinha paulistana mais feliz do universo. Antes mesmo de terminar o aperitivo no barracão, quando eu estava meio só (a Leda e a Lucila com nossas amigas se afastaram de propósito), chegou o meu príncipe Du. Procurou assunto, até chegar aonde queria. No início, ali no choque, eu não sabia se aceitava ir pro clube com ele ou se ia mesmo com as garotas amigas. Como o sorriso dele era o mais bonito de todos os vistos antes, durante e depois do carnaval, como os olhos escuros dele me pareciam os de um cigano mágico e belo que sempre aparecia nos meus sonhos, como meus olhos já sorriam com os dele e nossas mãos já estavam juntas e a cabeça girava a mil de alegria, só pude aceitar o convite. Além de alto, moreno, olhos pretos e grandes, sorriso aberto e uma beleza gostosa de ficar olhando, o Du (Eduardo para os não íntimos) dançava gostoso e não parava um minuto. Tinha um jeito quente e doce de segurar minha cintura, de parar um pouco pra alisar meus cabelos e de me beijar os olhos, o rosto, os cabelos e, quase no final da noite, a boca. Um beijo que se eu viver cem anos não vou esquecer. As meninas do Skindô-dô-dô até pararam pra aplaudir.

Olhei desajeitada pra mesa da família: meu pai estava de cara amarrada, todo ciumentão, minhas tias, meu tio e minha mãe não estavam nem aí, dançavam e cantavam na maior euforia. Não preciso dizer que a noite só terminou com o sol, que a batucada continuou nas ruas, mas que eu estava muito desligada de tudo e de todos, junto com meu príncipe cigano. Agora vou dormir, que ninguém é de ferro. Se houver tempo (acho que agora só vou ter tempo pro Du), quando eu acordar, ou mais à noite, volto a você, meu diário. *Goodbye*, adeus, tchau, um beijo. Estou estourando de felicidade!!! Sabia?

02/03/92

Só uma palavrinha, meu diário. Só pra registrar que a vida é bela, doce, colorida, azul, vermelha, amarela, prateada, dourada. E dizer que eu estou apaixonadíssima! Esta princesa ecológica, esta gatinha paulistana quando se apaixona não sabe dizer mais nada, perde a palavra, o fôlego e a vontade de escrever.

Viver é muito melhor do que escrever. Então aguenta a solidão, meu diário. Mas o dia passou e eu passei o dia com o Du. Estou mais linda do que ontem, apesar da simplicidade da camiseta e da bermuda. Amanhã volto a reinar com a fantasia, com a arara e o maior sorriso de felicidade. Hoje vou sem fantasia, mas dona do mundo. Muito princesa do meu príncipe Du. Amanhã a princesa ecológica voltará a encontrar-se com o príncipe cigano e juntos dominarão o mundo. Hoje é a vez da Marisa e do Du serem eles mesmos, lindos e loucos de amor!

03/03/92

Não me conformo, estou pronta pra última noite de carnaval. Os dias felizes voam e sei que o resto do ano vai se arrastar sem fim. Estou linda e alegre, esperando, toda princesa verde, toda princesa ecológica com a arara na cabeça, a noite mais linda do ano. Sei que vai ser. Só que me chateio em pensar que amanhã não tem mais carnaval, não tem mais princesa ecológica nem príncipe cigano. Pra que pensar nisso? Vou me lembrar sempre deste carnaval, do Du, do dia de hoje, que a gente passou junto no churrasco de confraternização dos nossos blocos. Um dia de sol e de juras de amor, promessas de que o nosso amor durará sempre, de planos para o próximo reencontro aqui ou em São Paulo. Não vou chorar antecipadamente, meu diário. Sei que a noite será linda como foi o dia. Sei que imaginariamente meu cigano chegará no mais belo cavalo, com os olhos e os cabelos mais pretos, com o sorriso mais largo, a pele mais morena, com seus braços quentes e seus beijos apaixonados. Vamos à luta, com fé e certeza de que será eterna a última noite do carnaval de 92. A vida é azul, vermelha, amarela, brilha. É quente, movimentada, cheia de música e de sonhos. E ela será toda nossa esta noite, tenho certeza!...

04/03/92

Dormi às oito e acordei ao meio-dia com notícias cinza. Meu pai estava me acordando porque não queria sair mais tarde pra não pegar muito trânsito na estrada. Era preciso levantar, almoçar correndo, juntar as malas e sair. O Du veio e mal pude ficar com ele, dizer tudo o que queria, abraçá-lo e beijá-lo muito. Por mais que as tias pedissem, com o consentimento de minha mãe, pra que eu ficasse até domingo, voltando de ônibus, meu pai não se comovia. Só não chorei de raiva porque ficava chato chorar perto do Du. Por insistência da tia Laura, o Du almoçou com a gente. Pouco falamos, os dois muito tímidos no meio de uma família falante e agitada. Fim do almoço, fomos ajudar a levar as malas pro carro. Tia Laura não deixou. Queria que ficássemos namorando na sala. E lá, o Du me chamou à janela e me mostrou o muro em frente com uma declaração um pouco acima da anterior, em cores douradas:

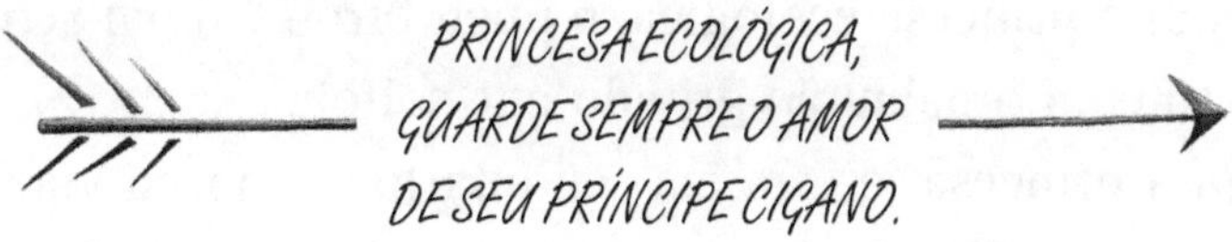

Chorei à vontade, abraçando o Du, que beijava meus cabelos e acariciava meu rosto. Quando ele quis se despedir, eu disse que não. Era melhor a gente esperar quarenta dias ou menos. Eu voltaria na Semana Santa e emendaria até 21 de abril. Poderia esperar. Meu pai? Eu saberia como convencê-lo. No fundo, ele me ama demais e é muito ciumento, mas acaba cedendo sempre. Jurei escrever uma carta por dia, se me respondesse, e ele me prometeu resposta. Jurei telefonar duas vezes por semana e ele jurou outras duas, mesmo gastando nossas mesadas, se os pais reclamassem dos impulsos. Um amor lindo como aquele tinha que durar toda uma vida e não apenas um carnaval. Sem nos despedirmos, entrei no carro, relendo a frase no muro. Olhava pro Du, falava com as primas e queria chorar. Antes de chegar na divisa dos dois Estados, apesar de toda tagarelice do Rô e de mamãe, eu já dormia, morta de cansaço. E sonhava com uma terça-feira de carnaval muito alegre, quente. Todo mundo dançava e cantava, no centro de um imenso salão. Cercada por gente com as mais belas fantasias, a bela princesa ecológica dançava com seu príncipe cigano. Não dançavam samba ou marcha de carnaval, mas uma valsa, como os casais antigos dos filmes românticos. E o sonho ia e voltava, entravam nele carruagens, palácios, tendas ciganas, sons de violino, voos de pássaros de todas as cores, arco-íris explodia no céu, fogos de artifícios subiam e, ao estourar, se transformavam em estrelas, flores e frutos. Só que, quando o príncipe cigano veio vindo pra abraçar e beijar a princesa ecológica, o pneu furou e o pai acordou a princesa com o palavrão gritado que soltou.

Agora a princesa já está em seu quarto, a cabeça viaja pra Minas atrás de seu príncipe, mas o corpo pede cama. Sem forças, ela para de escrever, sabe que esse amor vai alimentar milhares de outras páginas de diário. Será eterno...

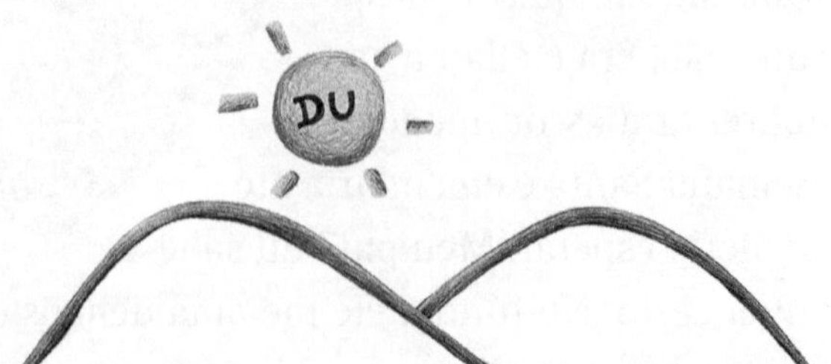

O autor

Sou um escritor mineiro, contador de histórias e poeta. Sempre gostei de escrever, desde os primeiros anos de escola. Se tirava nota ruim em matemática, brilhava em português.

Recebi meu primeiro prêmio na quarta série da escola rural de Santa Cruz da Prata, o lugarejo onde nasci. Foi assim: a professora criou um concurso de redação depois de explicar, nas aulas de História, a Inconfidência Mineira. Ela queria que inventássemos um fato ocorrido em um dia na vida de Tiradentes. Dia comum e fictício, que os livros não registrassem. Eu sabia que ele ia de Vila Rica para o Rio de Janeiro a cavalo, para se encontrar com os outros inconfidentes. Aí bolei a história que mostrava o desespero do herói, com o cavalo com a pata machucada. Criei alguns índios que sabiam tudo sobre ervas curativas. O cavalo falava, dialogava com o dono, mostrava a sua dor e a vontade de sarar para seguirem viagem. Logo ele melhorou e seguiram cantando e sonhando com a liberdade. E eu ganhei meu primeiro prêmio literário: um livro grande e colorido, *O gigante de botas*, e uma medalha de Honra ao Mérito, presa em uma fitinha verde e amarela.

Vocês sabem o que é correio elegante? É um cartão vendido em festas religiosas de barraquinhas, no interior, para os apaixonados trocarem recados. Comecei a escrever textos – prosa e poesia – nos correios elegantes. Escrevia para as garotas que me interessavam e para as que interessavam aos meus amigos. Eles pagavam os cartões e, é lógico, passavam a limpo, pois muitas meninas eram da mesma sala de aula e conheciam as nossas letras.

Quando estava fazendo o segundo grau, a vontade de escrever voltou. E nunca mais foi embora.

Elias José

Entrevista

De amora e amor fala de um tema importante, relacionado ao universo adolescente: o primeiro amor. Agora, vamos conhecer um pouco o modo de pensar e de criar histórias do autor Elias José.

POR QUE VOCÊ ESCOLHEU ESCREVER UM LIVRO QUE TRATA DO PRIMEIRO AMOR?

• Meus livros juvenis anteriores sempre tinham, em pequenas doses, histórias de descobertas do amor. Visitando escolas, os adolescentes sempre me cobravam poesias e histórias de amor em maior número. Como pai, tio e professor, pude observar meninas quando enjoam da boneca (como diz a música de Luiz Gonzaga) e ficam meio no ar, envolvidas com o primeiro amor. Meninos desinteressados pelos jogos dos seus times ou dos vários jogos com colegas e acertando roupas, tênis e penteados. Aí foi fácil e gostoso inventar histórias como as do livro. O difícil foi selecionar as que eu considerava as melhores. Penso que acertei, pois o livro foi e é um sucesso, com tantas edições e, agora, com nova roupagem, mais bonito graficamente.

Você escolheu abordar esse tema por meio de contos. Em sua opinião, esse gênero tem uma aceitação maior entre os adolescentes? Por quê?

• Eu comecei a minha carreira de escritor escrevendo contos. Escrevi quatro livros de contos e um romance para adultos, antes de começar a me dedicar aos infantojuvenis. Era natural que eu escolhesse a prosa para contar as histórias do primeiro amor que inventei. Como eram mais descobertas do outro sexo em histórias rápidas, que não davam romances, escrevi contos. Só mais tarde escrevi *Amor adolescente*, que são poesias falando de amor, e algumas novelas mais longas com um amor mais concreto e duradouro.

Para você, as escolas devem orientar os alunos sobre o amor e suas implicações nessa fase tão importante de suas vidas, a adolescência?

• Penso que os textos literários abrem caminho para se tocar em assunto tão delicado. Mostram o lado poético do sentimento amoroso, o lado afetivo do amor. Não se trata de aprendizagem amorosa, mas de lidar com as descobertas, com a iniciação amorosa de modo sensível, metafórico e belo. Agora, em aulas de Ciências Biológicas, há uma quase obrigação de a escola tratar do sexo de uma maneira mais fria, mais fisiológica e esclarecedora. Hoje, com a pressa em encontrar o amor e em manter contatos físicos até precocemente, com os perigos de uma gravidez indesejada ou de doenças sexualmente transmissíveis, as informações da escola precisam ser até mais eficientes. Os meios de comunicação tratam do problema de um modo massificador, para ser entendido por todos, sem resolver dúvidas, sem responder diretamente às questões mais abrangentes. Os pais adocicam as informações, por não estar habituados a um diálogo aberto. Os professores sabem, ou devem saber, tratar o tema de modo correto e eficiente.

NESTA OBRA, VOCÊ ABORDA INDIRETAMENTE QUESTÕES QUE ATRAVESSAM O UNIVERSO ADOLESCENTE COMO, POR EXEMPLO, O HÁBITO DE ESCREVER DIÁRIOS, A TENDÊNCIA ÀS PAIXÕES PLATÔNICAS E ATÉ ASSUNTOS MAIS POLÊMICOS COMO A QUESTÃO DA PICHAÇÃO, SEM, NO ENTANTO, SE ENVOLVER OU PASSAR SUA OPINIÃO PESSOAL. COMO E POR QUE VOCÊ ESCOLHEU ESSES TEMAS SECUNDÁRIOS?

• São, sim, temas secundários, por isso mesmo, mais delicados, significativos e simbólicos. Retratam as personalidades das personagens de modo a aproximá-las do leitor adolescente. Não cabe ao escritor de literatura tomar posição, dar uma aula sobre os temas, mas apenas sugerir, retratar a realidade de forma artística e não didática. Quando o autor não termina uma história ou quando se detém em detalhes (um olhar, um jeito diferente e especial de se expressar, um comportamento diferente dos costumeiros), está querendo que o leitor vá mais fundo no modo sensível de ler, de ver e de vivenciar os fatos. Como tratei do primeiro amor, que quase sempre nasce de paixões platônicas, por timidez ou dúvidas, não poderiam ser fatos mais diretos, mais concretos, objetivos e frios.

Ao contrário dos contos de fadas, suas histórias de amor não terminam com o famoso "E viveram felizes para sempre". Na verdade, são um recorte do início de relações amorosas, deixando o destino das personagens em suspenso. Qual foi sua intenção em construir o livro dessa forma?

• Esta pergunta é muito frequente, pois somos muito habituados às novelas de televisão, que não deixam nenhum espaço para o público interrogar, participar ativamente, imaginar um fim. Muitos querem o absurdo de um final feliz, com beijos, abraços, o "sim" diante de um padre e o batido "e viveram felizes para sempre". Ora, isso é possível em histórias de adultos, que já viveram muitos amores e estão com maturidade e possibilidades até econômicas de se casar e se dar bem. As minhas histórias são de descobertas do primeiro amor, que é intenso, mas breve. Não chegam a ser relações mais comprometedoras, corporais e profundamente emotivas.